ORLANDO NILHA

TEBAS
JOAQUIM PINTO DE OLIVEIRA

1ª edição — Campinas, 2022

"O trabalho de Joaquim Pinto de Oliveira chegou a ser apagado das páginas da história, mas ainda resiste ao tempo no centro da capital paulista."
(Regiane Oliveira, jornal *El país*)

O período da escravidão no Brasil durou mais de trezentos anos. Durante todo esse tempo, cerca de cinco milhões de africanos foram tirados da terra onde viviam e trazidos para o Brasil enfrentando uma viagem perigosíssima: a travessia do Oceano Atlântico. Devido ao horror das condições dos navios, muitos morriam durante a viagem e seus corpos eram atirados ao mar.

Os sobreviventes eram vendidos como escravizados. Os diversos povos africanos tiveram que reinventar maneiras próprias de enxergar o mundo. Os talentos e conhecimentos ancestrais floresceram em seus descendentes.

Muitos nomes e trajetórias daqueles que construíram o país com suor e sangue se perderam no caminho: foram dos porões dos navios negreiros para os porões do esquecimento. Mas alguns nomes desafiam o desprezo da história oficial e atravessam os séculos ecoando feito gritos de resistência, como é o caso de Joaquim Pinto de Oliveira, o Tebas, o habilidoso arquiteto e mestre de obras que deixou sua marca pessoal nas construções da antiga São Paulo de Piratininga.

Joaquim Pinto de Oliveira nasceu na Vila de Santos, no litoral paulista, em 1733. Naquele tempo, a Vila que daria origem à cidade de Santos não possuía mais do que algumas ruas, dois becos e duas travessas. Foi nesse cenário de ruazinhas tortuosas que ele cresceu, filho de mãe escravizada e de pai desconhecido.

Joaquim recebeu os sobrenomes de seus senhores: Antônia Maria Pinto e Bento de Oliveira Lima. Bento, um português, era mestre de obras e pequeno proprietário de escravizados. Não se sabe se ele ensinou o seu ofício aos escravizados ou se aprendeu com eles — o fato é que trabalhavam juntos nas construções. E foi assim que Joaquim desenvolveu suas habilidades como pedreiro.

A vida era difícil, pois não havia muito trabalho na Vila de Santos. Por isso, Bento decidiu se mudar para São Paulo de Piratininga. A viagem consistia numa aventura arriscada: superar a temível "Muralha"! Isso significava subir a pé a Serra do Mar até São Paulo.

A caminhada durava mais ou menos três dias, e não faltavam perigos. Os viajantes enfrentavam pedras pontiagudas e escorregadias, mata fechada, animais selvagens, chuva, neblina e abismos mortais.

Por volta do ano de 1750, partiram na pequena caravana Bento de Oliveira Lima, Antônia Maria Pinto, os cinco filhos do casal, Joaquim e mais três escravizados.

O destino da mãe de Joaquim não se tornou conhecido, mas é certo que ela não estava no grupo que subiu a Serra. Do alto das montanhas, Joaquim pôde admirar a planície de Santos, terra de sua infância. O verde da mata e o azul do mar se entrelaçavam e se estendiam a perder de vista. Certamente ele sentiu vibrar em seu peito a saudade da mãe e a emoção de pensar em seus ancestrais, que habitavam lugares distantes, do outro lado do oceano.

A família de Bento e seus escravizados se estabeleceram na região central da ainda pequenina São Paulo. Naquele tempo, as obras eram feitas com a técnica da taipa de pilão, isto é, casas e igrejas eram construídas com barro socado. Ao subir a Serra, Bento e seus escravizados levaram consigo uma novidade: a técnica de construção com pedras. Tratava-se da "arte da cantaria", que consistia em ajustar blocos de pedra uns sobre os outros com habilidade e precisão.

Como poucos construtores dominavam essa técnica, Bento foi contratado para diversas obras. A família, que havia se mudado de Santos em busca de melhores condições, alcançou o que se considerava certo sucesso financeiro: chegou a possuir 11 escravizados e um sítio com 40 cabeças de gado na região do Caaguaçu, atual bairro do Paraíso.

Entre os escravizados de Bento, Joaquim se destacava. Ele se revelou um verdadeiro mestre na "arte da cantaria", pois sabia exatamente onde as pedras podiam ser encaixadas e o peso que as construções suportavam.

A sua fama de brilhante construtor corria de boca em boca, e ele se tornou o escravizado mais valioso do mestre de obras português. O seu talento encantava os moradores, e suas obras embelezavam a cidade em crescimento. Com o tempo, Joaquim Pinto de Oliveira passou a ser chamado de Tebas, "aquele que tudo faz com acerto e perfeição".

No vaivém dos dias de trabalho, andando pelas ruas do centro de São Paulo, Tebas conheceu Natária de Souza, uma jovem que havia conquistado sua liberdade depois de ter sido escravizada. O encontro se transformou em romance, e o romance virou casamento em 1762.

A união entre escravizados e libertos era permitida. Assim, mesmo depois de casado, Tebas continuou pertencendo a Bento de Oliveira. Em 1768, nasceu Natária Liberia, filha do casal, que ainda teria mais três filhas: Joaquina, Escolástica e Gertrudes.

Nesse tempo, Bento de Oliveira e seus homens passaram a ser contratados para realizar obras importantes. Em 1766, iniciaram os trabalhos na Igreja de São Bento. Foi Tebas quem lançou a pedra fundamental da fachada. Ele esculpiu e colocou o primeiro bloco de pedra da obra, um momento de muito prestígio.

Enquanto seguiam as obras da Igreja de São Bento, o mestre português e seus pedreiros foram contratados para reformar nada mais nada menos que a Matriz da Sé, a principal igreja da cidade. Como era de se esperar, Tebas ficou encarregado de aplicar as pedras de cantaria na fachada da igreja.

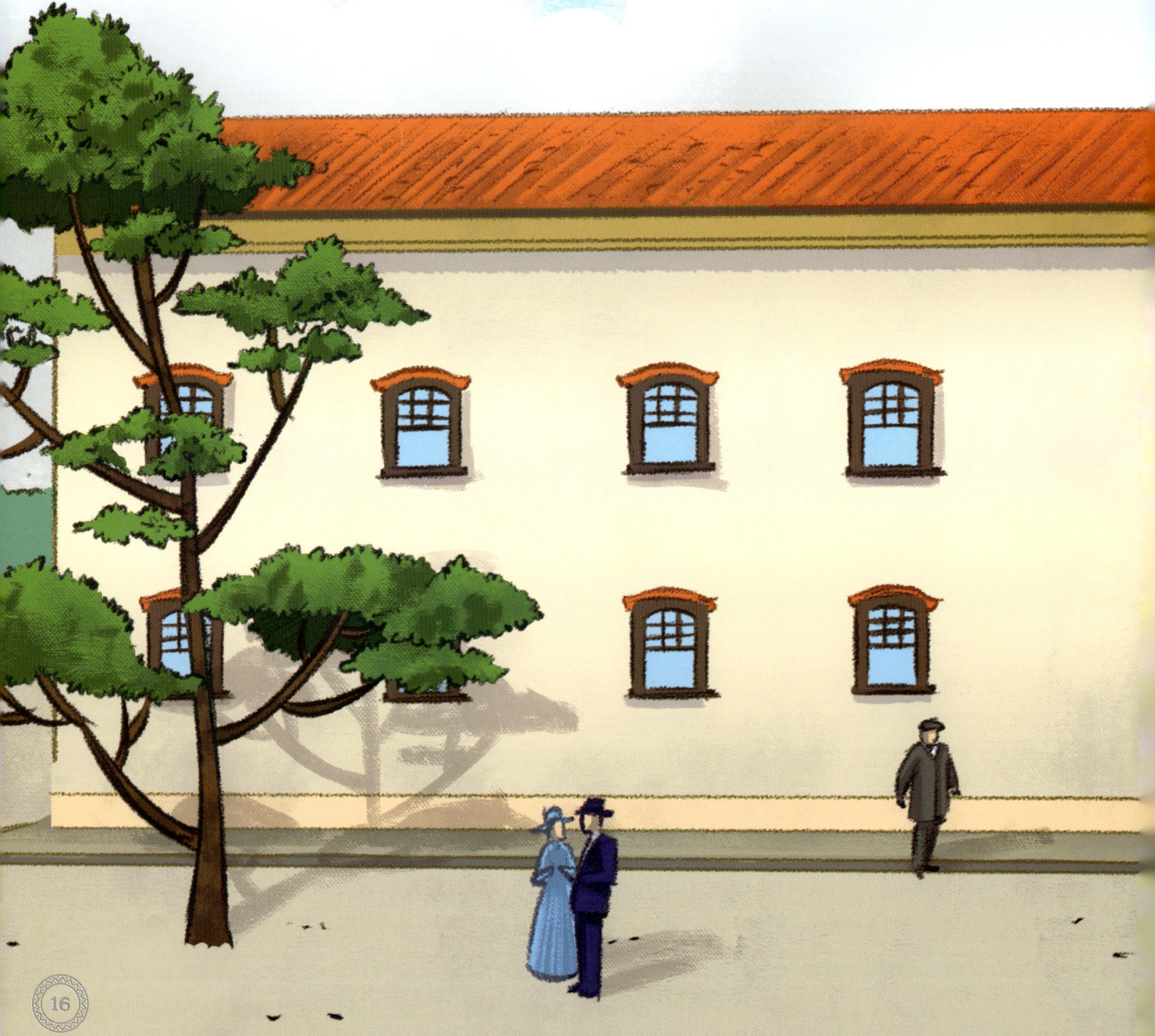

Assim teve início a obra que duraria alguns anos, durante os quais certos acontecimentos mudariam o destino do pedreiro escravizado...

Em 1769, Bento de Oliveira morreu de repente, deixando a família em apuros. Os valores da obra da Matriz da Sé já tinham sido pagos para o falecido, e a reforma estava longe de terminar...

Com as dívidas se acumulando, a esposa de Bento, Antônia Maria Pinto, foi obrigada a leiloar o sítio de Caaguaçu, que foi comprado por um sacerdote da Sé, Lourenço Cláudio Moreira, com uma condição: ele só pagaria pelo sítio quando a obra estivesse concluída.

Sem o sítio e sem receber mais nada pela obra, não restava alternativa à viúva a não ser deixar que seus escravizados conseguissem outros trabalhos para garantir o sustento da casa, o que atrasou ainda mais a obra da Sé.

Com a permissão de sua senhora, Tebas passou a comandar as negociações de novos trabalhos. Em 1770, ele foi contratado para consertar a Fonte de São Francisco, que ficava à margem do Rio Anhangabaú.

Pouco depois, Tebas assumiu a construção da fachada da Capela da Ordem Terceira do Carmo, que prometeu fazer com perfeição e segurança. Passados mais de 200 anos, sua obra, com os três belíssimos arcos na entrada da igreja, ainda pode ser admirada no centro de São Paulo, pertinho da Praça da Sé.

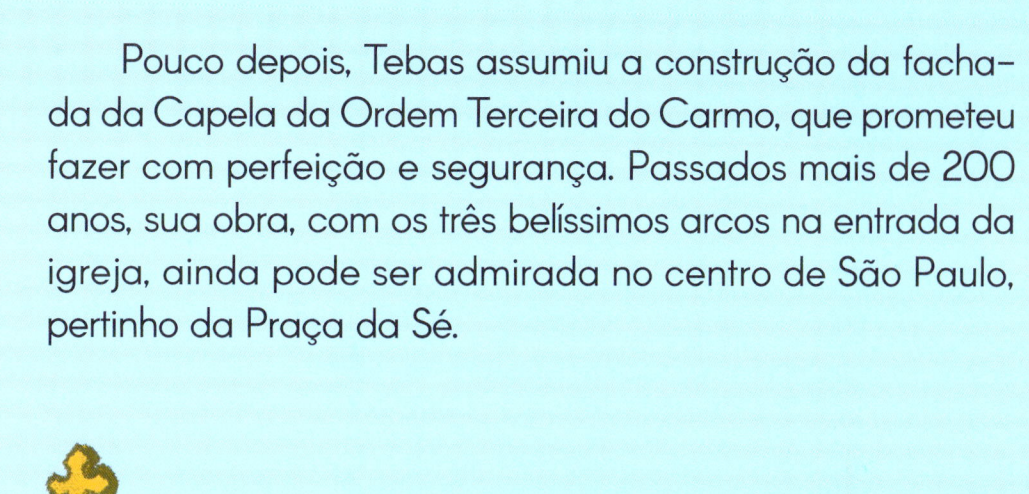

A situação financeira de Antônia piorava a cada dia. Precisando cuidar dos cinco filhos, sem receber o valor do sítio e com as cobranças se acumulando, ela não teve saída e viu os seus escravizados serem leiloados em praça pública, incluindo o mais valioso deles: Joaquim Pinto de Oliveira, o Tebas.

O mestre-pedreiro foi comprado por Matheus Lourenço de Carvalho, vigário da Matriz da Sé, cujo interesse era um só: que Tebas terminasse a reforma da igreja. Em 1776, a obra foi finalmente concluída, e Tebas já não trabalhava mais para Antônia Maria Pinto.

O vigário da Sé havia desembolsado 400 mil réis (o dinheiro da época) para adquirir Tebas. O religioso ofereceu ao escravizado a possibilidade de comprar a própria alforria pelo mesmo valor. Trabalhando debaixo de sol ou de chuva, erguendo pedras e amassando barro, Tebas juntou a quantia necessária e conquistou a liberdade no ano de 1777, aos 44 anos de idade!

Depois de liberto, o engenhoso mestre seguiu exibindo seu talento pelos canteiros de obras da cidade. Com o próprio dinheiro, comprou uma casa, onde foi morar com a família.

Em 1783, Tebas foi contratado para construir a fachada da Igreja da Ordem Terceira do Seráfico Pai São Francisco. A obra pode ser observada atualmente no Largo de São Francisco, ao lado da famosa Faculdade de Direito, antigo convento dos monges franciscanos.

Entre 1791 e 1793, Tebas foi encarregado de realizar as obras do Chafariz da Misericórdia. Ele demonstrou todo o seu engenho ao canalizar a água do Rio Anhangabaú até o Largo da Misericórdia. O Chafariz, erguido dentro de uma pia quadrada, possuía quatro torneiras de bronze e se tornou um monumento da cidade.

Muita gente passava por ali todos os dias: escravizados em busca de água para a casa de seus senhores, vendedores, mendigos, curiosos... A fama do mestre-pedreiro era tanta, que o local ficou conhecido como "Chafariz do Tebas".

O Chafariz permaneceu no Largo da Misericórdia até 1886, quando foi transferido para o Largo de Santa Cecília. Depois de 17 anos, foi desmontado e se perdeu no tempo.

Em 1795, o talento de Tebas ultrapassou as fronteiras da cidade de São Paulo. Ele foi contratado pelos franciscanos para construir no interior da província um Cruzeiro de 9 metros de altura, lapidado em pedra. O monumento permanece até hoje no centro histórico da cidade de Itu como um símbolo da força criativa do seu construtor e artista.

O fato de aplicar um estilo próprio às suas construções transformou Tebas em arquiteto e suas obras em arte. Ele passou os seus últimos anos vivendo do que havia ganhado durante a vida. Em sua casa, convivia com as filhas e os netos, orgulhosos da história do avô, que ajudara a construir com encanto e destreza a cidade em que viviam.

Joaquim Pinto de Oliveira morreu em 1811, aos 78 anos, e foi sepultado na ainda existente Igreja de São Gonçalo, na atual Praça João Mendes, no centro de São Paulo.

Em 1974, a Escola de Samba Paulistano da Glória homenageou Joaquim Pinto de Oliveira com o tema "Praça da Sé: sua lenda, seu passado, seu presente".

Em 2015, a Câmara Municipal de São Paulo aprovou a Festa de Tebas, a ser comemorada todos os anos no dia 25 de janeiro, aniversário da cidade.

Em 2018, em evento organizado pelo Sindicato dos Arquitetos e Urbanistas no Estado de São Paulo (SASP), Tebas foi reconhecido oficialmente como arquiteto 200 anos depois de sua morte. No ano seguinte, foi publicado o livro "Tebas: um negro arquiteto na São Paulo escravocrata", organizado pelo jornalista e escritor Abilio Ferreira, que também é um dos cinco autores do livro.

Em 20 de Novembro de 2020, Dia da Consciência Negra, foi entregue à cidade de São Paulo uma estátua em homenagem a Tebas. Localizada na Praça da Sé, entre duas igrejas em que o mestre trabalhou, a obra do artista plástico Lumumba Afroindígena e da arquiteta Francine Moura apresenta uma placa com os dizeres: "Joaquim Pinto de Oliveira, o Tebas. Homem negro, [...] renovou a arquitetura paulistana do século XVIII. Seu principal feito foi livrar-se das correntes e alçar voo para a eternidade. A natureza coletiva do seu legado o libertou do esquecimento".

Querido leitor,

A editora MOSTARDA é a concretização de um sonho. Fazemos parte da segunda geração de uma família dedicada aos livros. A escolha do nome da editora tem origem no que a semente da mostarda representa: é a menor semente da cadeia dos grãos, mas se transforma na maior de todas as hortaliças. Assim, nossa meta é fazer da editora uma grande e importante difusora do livro, e que nessa trajetória possamos mudar a vida das pessoas. Esse é o nosso ideal.

As primeiras obras da editora MOSTARDA chegam com a coleção BLACK POWER, nome do movimento pelos direitos do povo negro ocorrido nos EUA nas décadas de 1960 e 1970, luta que, infelizmente, ainda é necessária nos dias de hoje em diversos países. Sempre nos sensibilizamos com essa discussão, mas o ponto de partida para a criação da coleção ocorreu quando soubemos que dois de nossos colaboradores já haviam sido vítimas de racismo.

Acreditando no poder dos livros como força transformadora, a coleção BLACK POWER apresenta biografias de personalidades negras que são exemplos para as novas gerações. As histórias mostram que esses grandes intelectuais fizeram e fazem a diferença.

Os autores da coleção, todos ligados às áreas da educação e das letras, pesquisaram os fatos históricos para criar textos inspiradores e de leitura prazerosa. Seguindo o ideal da editora, acreditam que o conhecimento é capaz de desconstruir preconceitos e abrir as portas do pensamento rumo a uma sociedade mais justa.

Pedro Mezette
CEO Founder
Editora Mostarda

EDITORA MOSTARDA
www.editoramostarda.com.br
Instagram: @editoramostarda

© Orlando Nilha, 2021

Direção:	Fabiana Therense
	Pedro Mezette
Coordenação:	Andressa Maltese
Produção:	A&A Studio de Criação
Texto:	Fabiano Ormaneze
	Francisco Lima Neto
	Júlio Emílio Braz
	Maria Julia Maltese
	Orlando Nilha
	Rodrigo Luis
Revisão:	Elisandra Pereira
	Marcelo Montoza
	Nilce Bechara
Ilustração:	Eduardo Vetillo
	Henrique S. Pereira
	Kako Rodrigues
	Leonardo Malavazzi
	Lucas Coutinho

Dados Internacionais de Catalogação na Publicação (CIP)
(Câmara Brasileira do Livro, SP, Brasil)

Nilha, Orlando
   Tebas : Joaquim Pinto de Oliveira / Orlando Nilha.
-- 1. ed. -- Campinas, SP : Editora Mostarda, 2022.

   ISBN 978-65-88183-28-1

   1. Arquitetos - Brasil - Biografia 2. Biografias -
Literatura infantojuvenil 3. Escravos - Brasil -
Biografia 4. Oliveira, Joaquim Pinto de, 1733-1811
I. Título.

21-88024   CDD-028.5

Índices para catálogo sistemático:

1. Tebas : Biografia : Literatura infantojuvenil
   028.5
2. Tebas : Biografia : Literatura juvenil   028.5

Eliete Marques da Silva - Bibliotecária - CRB-8/9380

Nota: Os profissionais que trabalharam neste livro pesquisaram e compararam diversas fontes numa tentativa de retratar os fatos como eles aconteceram na vida real. Ainda assim, trata-se de uma versão adaptada para o público infantojuvenil que se atém aos eventos e personagens principais.